먼동이
트
일
때

먼동이 트일 때

발행일	2019년 6월 14일		
지은이	이수영		
펴낸이	손형국		
펴낸곳	(주)북랩		
편집인	선일영	편집	오경진, 강대건, 최예은, 최승현, 김경무
디자인	이현수, 김민하, 한수희, 김윤주, 허지혜	제작	박기성, 황동현, 구성우, 장홍석
마케팅	김회란, 박진관, 조하라		
출판등록	2004. 12. 1(제2012-000051호)		
주소	서울시 금천구 가산디지털 1로 168, 우림라이온스밸리 B동 B113, 114호		
홈페이지	www.book.co.kr		
전화번호	(02)2026-5777	팩스	(02)2026-5747

ISBN	979-11-6299-750-5 03810 (종이책)	979-11-6299-751-2 05810 (전자책)	

잘못된 책은 구입한 곳에서 교환해드립니다.

이 책은 저작권법에 따라 보호받는 저작물이므로 무단 전재와 복제를 금합니다.

이 도서의 국립중앙도서관 출판예정도서목록(CIP)은 서지정보유통지원시스템 홈페이지(http://seoji.nl.go.kr)와
국가자료공동목록시스템(http://www.nl.go.kr/kolisnet)에서 이용하실 수 있습니다.
(CIP제어번호: CIP2019023120)

(주)북랩 성공출판의 파트너

북랩 홈페이지와 패밀리 사이트에서 다양한 출판 솔루션을 만나 보세요!

홈페이지 book.co.kr • **블로그** blog.naver.com/essaybook • **원고모집** book@book.co.kr

이 수 영
시   집

먼동이
트
일
때

북랩 book Lab

차례

소 양 강

물빛에 잠긴 태양열이 시리고나.
매미 소리 한낮 더위 자르고
떠도는 흰 구름은 저리도 한가한가.
사공의 퉁소 소리 석양빛을 알리고져….
해 저물면 달빛 속에 구름 타고 오시겠지.
밤 하늘에 명월은 혼자서 가는데,
물살 위에 명월은 만 개가 흐르누나.
출렁이는 물결은 선녀들의 물장난인가.
이승도 저승도 아닌 이 강물에 마음 씻기워
님 맞으며 살고 싶다.

포   도

알-알이 푸르름을
　　　　초롱초롱한 잎새에
뽀듯이 가슴을 열어
　　　　숱한 사연을 잉태하며
오-뉴월의 아리-한
　　　　햇살을 머금고
무-언가를 망설이는
　　　　소녀의 미소처럼
몽땅 주어도 모자라는 마음을
　　　　수줍음으로 익어 가며
마치 첫 새댁 엄마의 젖무덤처럼
　　　　이내 터질 듯 숨결과
청순한 마리아의 모습을
　　　　너는 어이 닮았노.

1968년 5월 10일 안양 포도밭에서…

능금이 익어가는 사연

아지랑이 졸음 오는 계절에 소녀는 한 알의 능금을 위하여
뜨거운 정성을 쏟았다.
사다리 위에 가위질 하던 소녀는 남몰래 뭉게구름을 훔치어보다
부풀은 가슴은 염소의 울음소리에도 수줍기만 했다.
태양 빛이 따가웁기만 하던 날,
소녀는 채 익지도 않은 풋내음의 능금을 보고
앞 저고리의 동정을 매무새 하며
건너 마을 소년의 휘파람 소리를 유별나게 들었다.
능금은 하늘이 푸르러 갈수록 소녀의 뺨을 닮아만 갔다.
어느 늦은 가을 밤.
소년은 소녀의 영그는 가슴소리를 엿듣고
밤 새워 능금을 익혀 버렸다.
그날 밤 소녀는 밤 새워 울었나 보다.
아마 무슨 사연이
새빨간 능금빛을 닮았을 게다.

1970년 12월 25일

한 벽 루

달빛 담긴 물가에 몸 적시니
때 묻은 마음마저 헹구어져라.

버들 잎새 띄워 술잔을 드니,
태공의 풍류인들 어이 비할 손가.

오무가리 끓는 찌개는
주 천하의 별미로다.

정승 없는 낚시터에
잡초 우거진 암자여.

1970년 9월 16일 전주에서

어느 일요일

십자가를 우러르는 마음과 마음은
강물처럼 흐느끼는 침묵의
언어를 대화하며
어깨와 어깨를 스쳐가는
거리의 군중들은
거의가 순례자처럼
방황하는 내 모습을 닮아
통곡할 수 있는 광장을 나서나 보다.
나는 울분을 토할 수 있는 산장을 거닌다.
가슴의 피를 뱉어 버리는 산울림뿐 ---
아 --- 거기에도 나에게는
어두운 그림자 ---
곰같이 일하고 짐승의 우리 같은 직장의 월요일이 그립다.

1974년 12월 6일

생 활

한 세상의 설움을 겪으시오면
한 세상의 기쁨도 겪으오리다.

지나는 날일수록 설움이 오면
이 설움은 기쁜 날의 영광 되오니

슬픔을 굳이 참고 지내시오서.
견디는 날마다의 생활 속에는

한 세상의 설움을 겪으시오면
한 세상의 기쁨도 겪으오리다.

죽 순

봄에 돋은 죽순
여름내 이슬 먹어 키우며,
가을 잎 떨구어
겨우내 찬서리 먹고 지내노니
너를 찍은 붓 한 자루
일편단심이라 긋노라.

군사 정권

눈물보다 강한 인내가 있었읍니다.
눈물보다 강한 비굴이 있었읍니다.
소리 없이 울었던 가슴에는 응어리만 지고 있었읍니다.
소리 내어 울지 못했던 세월에는 응어리만 지고 있었읍니다.
냉가슴의 양심은 낙엽뿐입니다.
응어리 속에 긴 세월 피 맺음은 한 사람의 양심이 아니옵니다.
우리 모두의 멍든 마음이옵니다.
정의에 바라는 마음 기도 드리며 진실은 하나란 것을 이룩합시다.
눈물보다 강한 인내는 진리 되오며
진실보다 약한 비굴은 용기 되리니.

1980년 5월 11일

술래잡이

좀도둑 위에 중도둑
중도둑 위에 대도둑
세상은 요지경 속 강강술래나.
술래가 술래 잡고
술래가 술래 지키네.
강강술래
술래가 술래 시키고
술래가 술래를 만드니
강강술래
세상은 알쏭달쏭 강강술래
술래도 가지가지
양심에 가죽을 쓴 술래와
벌거벗은 술래
욕망에 지쳐버린 강강술래
너도 나도 강강술래
너도 나도 강강술래
인간이 인생의 탈을 쓰려는
강강술래

1970년 5월

화 장 장

어느 순간 이곳에 머무를 곳
온몸을 가마관에 누이고
화염으로 덮여 한 움큼의
잿더미로 으스러질 때
영혼은 치솟은 굴뚝에
검은 연기와 날려
못다 한 미래의 꿈을
미련의 추억들을
새하얀 구름 속에 수놓으며
고향 산천 이름 없는
골짜구니에 머물며
밤에는 내 마음 하나의 별과 밤 새움하며
이는 새벽 한 송이의 외로운 들국화가
목이 마를 때
한 방울 이슬이 되어
안개 덮여 살며시 안기리오.

1968년 4월 10일 화장터 홍제동에서

이　별

헤어짐에 과거를 느끼시오면
허물어진 성이라 여겨주시오.

이 뜻 이 님의 마음 괴로울 때면
운명이라 다시 한번 생각합시다.

못 잊음에 다시 한번 기억나오면
늦게 맺은 언약이라 맹세합시다.

그래도 맹세가 잊히어질 땐
두 인간의 불행이라 맘먹읍시다.

나 역시 살아생전 눈물일지언정
제 이의 운명이라 여길지오니

헤어짐에 그 옛날 느끼시오면
추억은 여기 산다 여기시오면

아름답던 옛날만을 들춰보시고
머나먼 인연이라 마음 새기오.

1961년 7월 벗에게

시   간

시간이란
무언의 아량이며
관대한 비방이며
순간의 마디이다.
시간에 타협하지 못하는
자는 자기를 잃기 쉽고
시간에 버림을 받으면
일생을 그르치기 쉽다.

이승 구경

단군왕검 제삿날에 염라제국 공신들이 초청을 받고 오셨다.
먼길에서 인-의-예-지-신 갖춘 분이 내왕하시니,
허허-! 별스러운 말씀
우리는 염라제국의 머슴들
그러하온데 말씀이야 우리는 녹을 얻어먹지,
걷어먹지는 못하는 소인들.
산수 좋은 대왕나라 대접받고 보니
지구상의 모든 나라 풍경이나 구경하고 싶으오.
이들은 돌아가는 길목에 구경길에 올라섰다.
한 공신이 말하기를 "참으로 세상은 그림 같구려.
있는 사람 없는 사람 빌딩에다 초가집, 우마차에 벤츠족"
한 공신이 말하였다. "그런 구경보다 식 자의 구경이나 하고 갑세.
저기 저 재판관 나리들의 설교부터 들어보세.
이승의 법이란 강자에겐 삼수 년의 갈지 자요,
약자에겐 고기에 씌운 그물망이 된다고,
그다음은 행정부에 옮길까.
내 몸 바쳐 세상을 올바르게 할 수 있는 뜻 있사오만
그렇지 못할 바엔
후손에 부귀공명 누리는 길 열어 준다고, 참으로 지당한 말씀.
입법부엔 무어라 하는가 귀 들어 봄세.

입씨름을 하다 보니 무능이 원천이고
골치 아프니 골프채 갖고 들놀이 나간다고
허허 이제는 어서들 떠납시다.
저놈들이 저승 오면
그것이 인간사인 것을 다시 한번 가르쳐 주기 위하여 ---"

살곶이 다리(성동교)

해장국 현수막(포장)에
먼동이 트는 곳에 진눈깨비 나리는데,
강변 기로에 벤츠족이 지나간다.
이 길목의 워커힐이라는 궁전이
생긴 뒤에는 돈이 사람 쓰는 황족들이 생겼고
밤의 역사는 권력이 지배한다는
통금 없는 거리가 되어 분주하다.

촌뜨기 실은 만원 버스가
춤을 추며 지나간다.
아마도 가까운 선거일의 덕택일 거다.
구름 쌓인 이성으로 통과하는 다리에…
꽃가마 타고 온다는 님은 오지 않고
강바람 타고 오는
흰 눈만이 내린다.

1971년 1월 20일

밀　애

말을 건네주오.
사랑한다고
먼저 말을 건네주오.
이미 마음은 정원에 밀감 익어가듯
샛노란 님 생각에 뜨거운 심장을
가눌 길 없으니
먼저 말을 건네주오.
그러면 징검다리 건너가듯
조심조심 님 곁에 서려니
먼저 말을 건네주오.
사랑한다고
내 사랑 고백하려 해도
당신이 토라진다면
온갖 두려움과 죽임을 각오하노니
차라리 거짓의 말씀일지라도
사랑한다는 말 한마디만은 말씀해주오.
심장의 불꽃은
오직 남을 위하여 삶을 밝히노니…

1970년 계림극장에서 〈밀애〉 감상

오 점

오점이란 양심과 비양심의 수치를 담은 그릇이다.
역사의 오점이란 후손들의 입과 눈과 귀를 멀게 하는 것이다.
권력의 오점이란 평등권으로 얻어진 권한을 자신의 위치를
신격화하려는 양심에 있다.

1980년 12월 29일

거울과 나

자기를 본다.
저울대에 앉아 눈금의 추를 보는
욕망의 고깃덩이
미소를 짓는다.
슬픔을 표정한다.
생활의 허울을 쓴 순수한 광대
인생을 본다.
헤어질수록 탈색해가는 동심의 거죽
인간을 본다.
동물의 머리를 갖고
짐승의 육체를 갖고
한 뼘 되는 사교의식으로
양심의 모습을 지우려 하는
아…!
눈을 감고 거울에 하얀 페인트를 칠한다.

1971년 5월

행　복

행복이란 마음에
　　　움이 돋는 나무 한 그루
꺾으면 시들고
　　　가꾸면은 꽃 피어
　　　　　　열매를 맺어
행복이란 불행 앞에
　　　놓여진 마음의 건널목
건너는 자는 기쁨을 알고
못 건너는 자는 행복을 두려워한다.

무 능 력

과잉과 과욕에 활기찬 도시에 어둠이 오면,
온갖 소음은 증발하겠지.
모두가 증발하면 고요가 오겠지.
고요가 지나면 무능한 나의 주변은 가난한 찬바람이 불겠지.
이리하여 떠나야만 하는 도회의
그림자를 밟고
자신의 시체에 무덤을 파며
하늘이 유성에게 눈물을 흘린다.

- 실업자 1.2 -

무형의 인간

입을 봉한 것이 아니다.
할 말이 없는 것도 아니다.
그렇다고 말할 수도 없다.
오직 사상의 가치성을 삭임질 할 뿐이다.
채찍에 쫓기는 무언의 존재는
침체된 시간으로 화장을 시키는 게다.
마치 냉가슴을 앓는 벙어리의 신음처럼
육체만을 움직여 먼-곳 응시하여
거니는 게다.
사고 의식을 체념하며
표현이 부자유함은 차라리
무덤을 지키는 비석이 나을 게다.
자유 없는 언륜의 시점에서
굴욕 속에 발 딛은 이 한 평의 대지가 우주선 밖으로
꺼져 버린다면 어느 하나의 그림자는
너무도 무의미할 게다.
시대의 오점을 착각한
혀가 굳은 위정자처럼.

2017년 1월

무제 1

"집권자의 정치란
　　　　건강에 좋은 마약이다.
또한 피집권자의 정치란
　　　　건강에 더욱 좋은 선약이다."

과거와 미래란 사치적인 낭만에 지나지 않는다.
이 사치는 근면의 노예이며 젊음의 적이다.

"존재한다는 의식이란(가치는)
의식하지 않을 수 없는 감정의 의미이다."

4월

누가 이 푸른 4월의 잔디를 짓밟았습니까?
어찌하여 4월의 구름에 먹칠을 하여 탈색하는 것입니까?
한강의 강물은 그날의 물이 아니 흐릅니다.
누가 저 푸른 하늘을 휘저었기에
가득한 분노의 아우성은 지금도 떨고 있습니까?
님이여!
조용한 침묵 속에 가슴을 치고 울어도 풀리지 않는 마음이 있읍니다.
냉각의 별빛을 안고 생각하여도 가슴 피 엉기는 답답함이 있읍니다.
님이여 말없이 지켜보는 이 사람에게 조용한 죽임을 주소서.
저항 없이 울분을 달랠 수 없는 (젊음에게⋯)
용기를 찾는 사자의 길을 인도하소서.
4월의 얼이 담긴 아침을 찾겠읍니다.
그리하여 그날의 공기를 호흡하겠읍니다.

1971년 4월 19일

깃발(태극기)

얼마나 숭고한 거룩함일까!
얼마나 간직하고 싶었던 이름이던가!
얼마나 말하고 싶었던 조국의 상징이던가!
통곡을 기다림 하는 벙어리의 울음 같은 가슴과 가슴을 난도질하며
자유와 평화를 피로 토하며 찾았던 저 깃발이…
누구를 위하여 저리도 탈색하는가.
자유와 평화의 종소리는 지금도 울리는데,
어찌하여 듣는 이의 눈빛은 죄인처럼 응시하는가,
주께서 내려주신 저 사랑의 깃발과 종소리를
십자가 앞에서 찬송을 하지 못하는 죄인처럼
깃발과 종소리는 탈색하는가.
얼마나 숭고함 거룩함일까.
얼마나 간직하고 싶었던 이름일까.
얼마나 힘차게 휘둘렀던 깃발이던가.
주여!
내 찬송하며 일어서 놓으니 주의 십자가에 깃발 꽂아
이 목숨에 자유와 평화와 정의의 명예를 씌워주오.

1970년 8월 15일

삶과 죽임

삶이란 주검에 의한 공복이며
죽음이란 삶에 의한 구걸이다.

진   리

진리란 현자만의 양식이며
터득하려는 자의 공복이다.

임　무

구세대는 구세대를 번복하며
현 세대의 젊음을 창조한다.
그러므로 젊음은 새로운 역사를
등에 져야 할 임무를 수행하여야 한다.

꿈의 아들

호젓한 산골에 농부가 되어
초가 단칸에 박줄을 널고
흙 한 줌에 괭이를 굳세게 잡는
땀의 보람을 아는 일꾼이 되련다.
한 여름 밤에는 풀 내음 마시며
반딧불 따라 호수에 가고
풍설이 몰아칠 때는
옥수수 매달린 다락방에
호롱불 켜들고 꿀벌의 진리를
탐구하는 대자연의
아들이 되련다.

1961년 5월

가 을 비

단꿈에 님이여 환상에 선잠 깨보니
문지방에 귀뚤이 울음 뜨락에는 가랑비 나리어라.

서성이는 마음 달랠 길 없어 외투 깃 세우고 머리 적시니
이마에 흐르는 빗물… 님 맞는 듯 반기어라.

무심코 거닐던 발길 버스에 몸 담그니
창가에 어룽지는 사연 누구의 눈물인가.

시가지 벗어나서 언제인가 거닐었던 강변에 서니
비 그친 하늘에는 머무를 곳 없는 구름들
거기에는 얼굴 내민 내 마음의 별 하나
물그림자엔 어렴풋이 님의 그 얼굴
발목 적셔 강가에 서니 님은 어데 없고
허황한 가슴 죄어지며 울먹이어져라….
언덕에 올라 팔베개 하고 누우니 깊은 잠의 가을비는
님이여, 생각 마음 엉키어라.

금붕어와 젊음

답답하다.
외롭다.
육신을 저당 잡히고 살려고 하나
갈 길이 없다.
이성을 잃어가는 몸부림은
자신만을 학대한다.
동굴에 갇힌 죄인처럼
젊음은 운명곡 남긴 채, 해 없는 사회라도
발딛음 하고 싶다.
흑점 같은 가슴에 멍울이 지면
분신보다 시원한 쾌감이 있겠는가.
자신을 채굴할 수 있는 터전이 요구된다.
실존 생활을 분노로서 악을 제거하고
기지로서 선을 택한다면,
언어를 잃어버린 내 고향 산천은
어항 속에 금붕어들만이
부럽겠구나.

1970년 5월 2일 단성사에서 영화 〈금붕어〉를 보고

시 체 실

관의 행렬에는
진공에 썩어가는 살점이들.
죽어간 사람을 위하여
죽어가는 살아 있는 시체가 통곡하고
허무를 곡예하는 앵무새의 클래식 합주곡은
가장 서러운 감정처럼
음율을 잡을 수 없었다.
절규 아니 울부짖음이 주검의 역사에 필름을 돌리고
기억을 가로새겨 뇌리에 담는다.
아….
모두가 안 된 것을
자기라는 존재는 영구히 살아 있는
불사조처럼
세월 속의 대화를 철새처럼 우짖고
침묵의 돌계단에 향불 냄새를 맡는다.

1970년 5월 20일

방 황

마음 부딪혀 파도처럼 부서지고 싶고
가슴을 낙엽 타는 듯이 조이고 싶다.
실존이란 존재에 그림자 같은 허무함이여….
방황의 가면을 쓰고 탈춤이라도 추어가며
청산 같은 알콜로 창자를 흘러내리고 싶다.
그리하여 우울과 독백의 갈증을
구름 속에 토하고
은하수 끝없는 바다에
알몸으로 헤엄을 치며
참으로 시원함을 맞이하고 싶다.

망 향

빛을 갉아먹으며
어둠을 쪼아먹고
느티나무 아래서 부르노라.
어릴 때 고향 산천을…
가슴이 저리도록 뛰놀면
동산에 티 없이 순진한 피보다 순수한
소꿉친구들.
대답 없어도 그 모습 잊을 길 없구나.
그 옛날 정자나무 바람은 훈훈도 한데
술래하면 순이와 이끼 낀 암자에는
그 동무들 모두 없어라.
나는 평생 머물며 기다리리라.
언제나 잊지 못하는 고향 친구들.
앞 냇가 여울소리 여전도 하고
별빛 타는 귀뚤이는 다감도 한데
왜 마음만은 허전하구나.
건너 마을 멍멍이는 지금도 짖고
대원사의 종소리는 분명도 한데
아….
모두들 어디를 갔나.

제일공원(제물포)

옛 추억을 맞이하여
제일공원에 올라서니
별님 오는 소리는 님의 치마폭 소리인 듯.
나뭇가지 사이로 사뿐이 나리는데,
달님이 밀고 오는 제물포의
바다 물결은 슬픔인 양
마음의 해변에 파도를 치며
뱃고동은 목 놓아 님을 부르오.

1968년 인천에서(제일공원)

오 뉴 월

흙탕물이 교차되는 강기슭에
물줄기를 응시하는
고목 한 그루에는
꽃인지 버섯인지 알 수 없는
젊음이 피는데
바람은 말이 없고
구름은 갈 길을 묻노니
올 봄의 풍경마저 싱겁기만 하다.

1965년 5월 16일

무제 2

"운명이여 나는 너의 숨통을 찾고 있노라.
괴로움의 신이여
나는 너의 뇌신경을 박살할 것이다."

삶

삶이란
자신의 마음의 줄다리기.
즐거움을 당기면은 기쁨이 다가오고
슬픔을 당기면은 서러워지네.
인생이란
죽음 앞에 펼쳐지는 단막극.
무대 위에 주인공은
오직 자신이라오.

1965년 1월

입 원 실

틀림없이 죽는다.   친
사형을 선고 받은 암의 진단.   구
그러나 살아보겠다고 살아야 한다고 시간을 연장하고 있다.   동
때로는 해묵은 병실의 기적을 일깨워보려   생
환상의 신념으로 앉아 있다.   의
입원실마다 절망은 금물이다.   병
인생을 어김없이 살겠다는 희망만이 본능의 소화제다.   문
맥박은 여전하다.   안
체온은 37도 38도, 온도계만은 정상이다.   을
그러나 시궁같이 썩어가는 피의 체온 백혈구와 적혈구는   하
원색을 잃어가며 맴돌 것이다.   고
어차피 인생이란 죽음의 계곡을 향한 릴레이 선수.   나
사신으로부터 단거리 바통을 받을 것이 원죄라면   서
주어진 영역은 그만큼 안일의 자세에 돌입하는 게다.   .
잠시 미래를 본다….   .
착각 속에 관으로 굳어져 가는 침대는 탄력이 없다.   .
자의도 타의도 의미 없는 눈물 고이며,
조용히 창밖으로 시선을 보낸다.

1971년 5월

귀　향

어느 때인가
떠나온 고향 어머니 품 안
다시 안길 수 없는
돌아갈 수 없는 여수의 나그네
총총히 발딛음 하며
진전하는 공백
허탈한 마음에 손을 휘휘 저으며
촌음을 구토할 때
오물 같은 존재들이
귀로에 늘 미어 있어
정녕 흙냄새 맡을 수 없는 아쉬움에
눈망울에 비친
머나먼 하얀 노스탤지어의 길.

1963년 12월

연　정

그녀는 모른다.
자신마저 알 수 없는 소년의 가슴을

속 깊은 곳에서 움트는 새빨간
피의 엉김을

시간이 머무는 곳 마디마디
안개 자욱한 궁전의 길이 트이었다.
궁전 안의 둘이는 예물을 교환했다.
왕자는 근면과 성실의 씨앗을 주었고
공주는 진정과 순정의 열매를 주었다.
둘이는 숲을 거닐며 산새와 노래했고
구름을 타고 행복한 가정을 설계했다.
그리고 소년은 그의 가슴에
얼굴을 묻고 일생을 맹세했다.
이 세상 어디엔가 따뜻한 보금자리를
환각이 아닌 생시의 그리움이었다.

젊은 세계가 성장하므로.

야 경

밤은 뒤바뀌는 새 역사의 창조의 거리다.
젊은이들은 호흡과 호흡을 맺어
좀 더 희구진 삶을 잉태하며 멋의 허울을
포장하고 목적의식 없이 태어난 나는
지관의 예언을 믿고 조상의 묘바람을
믿어 보려고 한다.

청룡, 백호, 주작, 현무
지성을 자부하다 맥 빠진 현실
고독을 망각하러 대포잔에 의식을
잃어가기도 하나 자신만 반항하다 못한
분노의 침묵은 자신만을 학대하며
울분을 달리는가 보다.

숭고한 이념을 총을 든 몰이꾼의
채축에 몰리어 어느 벼랑에 서서
어둠에 쫓기는 정신의 박약한 피로함을
회복하며 기지개를 펴는

밤은 어설픈 권리를 찾고자
하는 자의 푸념의 장막이다.

1964년 8월 친구에게

님의 눈

내 영혼이 잠드는 곳
슬픔이 다가오면 밀물이 밀려오고
파도가 일렁이는
그러나 그것은 순간뿐
바람이 잠들면 희망이 가득한
님의 눈은 마음의 고향
기쁨의 열매가 푸릇푸릇 익어가며
항상 인생의 태양이 뜨고
별이 빛나는
달빛에 해맑은 동공 위 눈은
조용히 숨 쉬며 머물 수 있는 나의 집
여기
온갖 괴로움 씻어 내리고
미래의 설계가 펼쳐지는
님의 눈은 내 어릴 제
잊지 못하는 엄마의 품 안
초롱초롱한 꿈을 알뜰히 가꾸는
새하얀 호수

그 속에 내 모습이
곱다랗게 성장을 하오.

1970년 3월 영화 〈스잔나〉를 보고

독   백

강변을 말없이 거니는 사람
존재의 그림자는
어둠 같은 희멀건한 미소뿐
그 외엔 자기라는 관념마저 있을 수 없다.
존재의 의식을 자문자답하기는
강 건너 나룻배 한 척의 사연에 응시할 뿐
머무는 곳 끝까지 걷고만 싶다.
강 이끼 냄새의 돌풍은
어느 때인가 미소 짓던 사람의
내음인 양 가슴 빈 허공을 다감도 한데
이름 모르는 새들을 산 넘어 간다.
누구의 부름일까?
아니면 아스라한 님의 손짓일까?
걷다가 서 있는 그림자는
독백에 떨고 있다.
지금 이 멍청한 자세에….

시대의 영웅

왕실 밑에 움막 치고 사는
모리배 아니면은
거부놈의 양심에 사냥개로다.
발걸음이 잦을수록 담벽만 높아진다.
권력과 가난에 지친 사람은
그곳을 우상화하기도 하나
뜻을 아는 어느 속인은
이곳에 침을 뱉고서
오장육부를 양치질 한다.
초점 잃은 동자로 미래를 응시하며
시대의 영웅들은
왕실 밑에 움막지고 사는
거러지 아니면은
거부놈의 양심에 때꼽이로다.

1965년 1월

비 바 리

능선 넘어 미역 바람 불 때
머슴아 떠난 정자목에
절 한번 하고
파도 헤쳐 소라 따는 비바리
휘파람 비바리는
스물에 여물은 고독을
긴 한숨에 물 잠기오
육지 머슴아 기억 속에
얼룩진 가슴 못내 애태워
능선 넘어 미역바람 불 때.
봄 사연 서러운 비바리는
스물에 영그는 젖 내음내
아쉬움을 소라 따며 잊으려 하오,

1965년 7월 울산 해변가에서 해녀들에게

운 전 수

명예 없는 짐승이외다.
고삐 없는 나그네외다.
번지 없는 직장 속에 풍차 같은 생활이여
핸들 속에 기쁨과 슬픔을 싣고
인생을 나르는 보람의 짐시여.
일과에는 태양을 헤이고
별을 세며 일방통행을 세며
교통순경을 세고 우선 멈춤을 세는
현기증의 수 셈이여.
손님보다 메다를 미리 짚어보는
습관을 갖고
돈을 줍는 버렁뱅이여.
오늘을 존재하며 내일을 약속 못하는
삶의 운명이여.
다만 어제와 오늘의 안전을 되씹고
엔진 소리에 멋의 핸들을 잡는
생활인이여.
기름때의 얼룩진 존재의식이여…

1970년 11월 26일

자　심

나의 마음은 기름진 옥토.
즐거움을 뿌리면은 기쁨이 돋아나고,
슬픔을 심으면은 괴로움이 움이 돋네.

나의 마음은 나 자신의 유일한 노예
누구보다 자신을 학대하면서도
존엄성을 얻으며 받들고 있다.

1961년 8월

사랑하는 마음

시발점은 항구를 떠나는 선박과 같다.
희망에 용솟음쳐 미래를 한가슴에 안을 듯한
사랑하는 마음은 바다를 건너는 선원과 같다.
험단의 항로를 줄달음치는
역경 속에서도 사랑하는 마음은
너무도 안타까웁다.
암초에 걸린 선박이 최후로는 부동하듯이
사랑하는 마음은 머무는 곳이 아쉬웁다.
항해 중에 등대를 그리워하듯
사랑하는 마음의 머무는 곳은
항구에 다다름이다.
회한과 두려움 온갖 꿈을 진실로서
부수어 버리는
또한 오랜 날을 사랑하고 있는
마음은 아주 먼
항해를 하고 있는 선박과 같다.

무제 3

"금전이란 가지려는 자에게 주어지는 게 아니라
아끼며 소중하게 다루는 자에게 주어진다."

"도에 넘친 자랑은 자신에게
아첨하는 것이 되고
분에 넘친 겸손은 자신을 학대하는 것이오니
인격의 존엄성을 탈선함이란
위치적인 장소와 시간의
범위를 가리지 못함에서 온다."

1964년 3월

신　조

(1)
서러운 날의 대지 위에 굴욕의
찬바람이 스쳐도 오직 삶의 지표만을 응시하며
발딛음 하는 젊음이 있다.

(2)
어설픈 나날의 생활 속에도
줄기찬 한 오라기의 빛을 위하여
절름거리며 향하는 청춘이 있다.

(3)
그다지 보람되지 못한 삶인 줄
알면서도 현실에 충실하며
과거를 더럽히지 않으려 굽힐 줄
모르는 인간이 여기 있다.

1969년 8월 1일

그　녀

여인이란 엄마의 젖 내음내
그리고 다정스러운 인자한 목소리

내 어릴 제 엄마의 머리칼과 같이
나의 눈섶을 살포시 덮어 잠들게 하고

땀 흘린 이마를 쓰다듬어 주는
보드라운 손매의 엄마,

여인은 엄마의
머리 내음과 손등을 닮은 소녀.

조용한 눈동자로 나를 지켜보며
어리광 마음 어루만지는

친 구

오손도손
빠끔살이 해가지고
능선 넘어 어깨동무
철없이 줄달음 쳤지
이제는 술잔 겨뤄가며
옛 회포 찾으려나.
믿음만이 짙었던 동심의 마음
기억 속에 희미해지고
생활로서 걸식하니
어릴 때 마주 잡고
오르던 비탈길은
어이 숨 가빠 오르지 못하고
먼 빛으로 배웅하며
친구라고만 여겨지오.

1969년 8월

5월의 아침

먼동 트고 안개가 걷힐 무렵.
나는 싯누런 보리밭 옆
푸른 잔등에 올랐읍니다.
땀에 배 얼룩진 얼굴은
이미 흙냄새 풍기는 미풍과
밭 사이로 스미어 젖어든
은 빛나는 이슬에 점차로 보드라이
녹여집니다.
나도 몰래 가슴 펴고 두 손 높이
추거 올렸을 적엔
온몸에 햇살이 감돌았고
동산의 허리춤에 머물고 있는
시뻘건 태양은 젊은 생명에게
끊는 힘을 퍼부었읍니다.
오 신비스러운 광명의 빛을
보리 잎새마다 자랑스러운 개막의 종이
울리는 순간입니다.
흙 한 움큼을 쥐어 높이 처들고
땀의 대가를 기다리는 먼 그날을
우러러보았읍니다.

한 줄기의 빛만을 지키어 보며
흙 한 줌의 무궁한 창조가
영원한 그날들을

1961년 5월

호 롱 불

호롱불 호호 불며 꺼친 뒤에는
이부자리 잠자리에 베개 베고서
여느 때의 깊은 잠 들었으련만

그를 만나 얼굴을 붉힌 뒤에는
깊은 사연 꼬치꼬치 파고들리오.

한 움큼의 새우잠에 놀라 깨보니
그이는 간 곳이 없어 보이지 않고

이 마음 둘 데 없이 그리우다가
옛 정을 못 잊는 듯 가시지 않아
베개 가에 설움 겨워 이슬 젖히며
온 밤을 뜬 눈으로 지새나 보오.

1962년 7월 남고산성 남고사에서

님의 서신

또박또박 쓰여진 님의 서신을,
흥에 겨워 눈물겹게 읽어 내렸소
소복이 정만이 가득히 담긴
그 귀결 그 내용은 더욱이 좋아
가슴 길이 새기며 기억에 외우오.
영원이란 뚜렷한 큰 글씨에는
뛰는 듯한 기쁨을 참지 못하며
얼굴을 감싸쥐고 흐느끼었소.
지금도 이 마음 달랠 길 없어
또박또박 쓰여진 님의 편지를
다시 한번 마음 새겨 읽어내리며
은은히 파고드는 정을 못 잊어
그 귀결 그 내용 되새겨보오.

1962년 3월 친우 편지 받아 보고…

생활의 길 1

생활이 펴지 않는다고
서러워 말며 괴로워 말라….

생활이란 전쟁과 같아
휘저으면 더럽혀지고
인내로서 지니면 맑게 되듯이
그런 대로 또한 또 참고 지내면
기쁨을 즐길 날도 있으리라.

생활이 한 그릇의 청수라 하면
이 그릇에 기도를 드리지 말며
손을 담그지 말아라.
목을 적셔 마셔본 후
진미만을 찾아라.

1962년 3월

생활의 길 2

생활에 설움이 번지기 전에
기쁨의 동산에 불을 질러라.

자신의 위치를 잃지를 말고
미래의 꿈만을 되씹지 말며
현실의 역경을 깨물어 보라.

생활은 쓰디쓰며 괴롭다 해도
쓴맛이 단맛으로 풀릴 때까지
선 자리에 그대로 깨물어 보라.

생활 속의 희망은 빛이 날지니,
얻어진 희망은 귀중히 알며
정의나 선의에 베풀어 쓰되
불의와 악의에 남용치 말라.

또한 이따금 때 아닌 운명 앞에서
생활의 문전에 설움이 두드릴 때,
노하거나 괴로워 말고 반가이 맞아다가
마음의 준비가 단련되는 날
마음으로부터 멀리 환송하라.

현실과 미래의 개척을 위하여….

개척의 길

과거를 회상하고 현실에 굳세고
미래를 바라보는지?
개척의 문제는 셋이며 의미는 하나다.
곧 개척이란 비겁자의 구걸이며
용기 있는 자의 투쟁이다.

1962년

기회란 노력의 열매다

해 뜨기 전에 뿌려 놓은 씨앗을
시들기 전에 물을 주어 가꾸며
해지기 전에 거두어들였음이
곧 기회를 얻을 것이다.

1962년

강 언덕

강 언덕을 오릅시다.
맹꽁이 노래 불러 합창하노니
강가의 사랑은 맹꽁이 울음으로 이뤄진다 하니
강 언덕을 거닙시다.

뜨거운 손을 잡고 우리들의
미래를 설계해가며
맹꽁이의 노래처럼 서로가 양보와 사양을 하여 가며
물줄기와도 같은 지향 없는
생활을 위하여
강 언덕을 멈춰 봅시다.

우리 사랑 황혼에 감싸여 피를 머금듯 짙어질 터이니
강 언덕을 내려갑시다.

맹꽁이는 우리의 가정을 위해 마음 가누지 못하는
행운의 웨딩 마치를 들려주노니.

1961년 3월

무제 4

허위의 표정은 비굴의 행위이며
거짓말은 패배자의 변론이다.

무제 5

세대는 흐를수록 기적과 운수를 등용하지 않으며,
다만 인내와 노력만이 등용한다.
그리고 생활은 절대로 땀의 대가에
무리한 요구를 하지 않으며
단 자신의 투쟁에 군건한 실력과 힘만을 요구할 뿐이다.

1971년 7월

지 점

원자에 멍이 든 세상에 서서,
내일의 좌표를 그린다.
늙어가는 과학은 연륜과 같이
노망에 접어들어 세계를 조각하여
미장특허를 세우기에
지점은 중심을 잃어가고
기울기의 각도를 잡지 못한 채,
공전을 한다.
그리하여
균형을 잃은 계절 속에 비틀어지는 아파트가 서고
세대는 시대에 도전하며
자기자전하는 열을 잃어가며
지점은
원자병에 취하여 있다.

1965년 5월 3일

온 평생

님 가슴에 애태우며
님의 가슴 속에 뛰놀다가
님 가슴에 꿈을 꾸며
님 가슴에 숨지려니
온 평생을 님 품 안에 바치리라.

1962년 2월 〈비련의 섬〉 영화를 보고 김삼화 주인공의 인생을 씀

무 반 응

타인이여 나에게 빛을 보이지 말아주오.
나는 세상 빛에 눈이 부신 장님이오니….

타인이여 나에게 말을 하지 말아주오.
나는 세상 소리에 놀란 귀먹이오니….

타인이여 나에게 향기를 품기지 말아주오.
나는 세상 향기에 마비된 코먹이오니….

타인이여 나에게 입맛을 보이지 말아주오.
나는 세상 음식 먹다 가시 찔린 혀먹이오니….

타인이여 나에게는 정을 베풀지 말아주오.
나는 세상에 버림받은 인간이오니….

타인이여 나에게는 뜻을 표하지 말아주오.
나는 세상 뜻에 반응 없는 돌 비석이오니….

1962년 1월

지　맥

지맥이 나이 먹을 때
세월은 인생을 포장하고
젊음을 홍정한다.

세상이란 투전판은 메마르고
생활이란 놀음꾼은 눈꼽 아낀다.

운 좋은 호걸들은 지조를 벗 삼아 세월과 정을 나누나
니나 네나 촌음을 호흡하기에는
여념이 없다.

오늘도…
태양의 혈압은 식어 가고
지맥의 인생들은 절정에 올라
귀향객들은 무번지 주막에 한 쉼을 쉬는데,
어두움은 역시 피곤한 대로 취해만 가지.
빌딩에 땅거미 기어갈 때,

인간들은 비틀걸음 걸으며
절름발이 그림자를 비웃는다.

1965년 1월 어느 날

유와 무의 저항

양심을 굽어 활을 만들어 세정을 깎은 화살로서
허기 찬 국운의 과녁판에 겨냥해본다.
꿈을 먹다가 얹힌 정신이상자 납세자의 육신을 씹고서
코뼈 위 기름을 닦는 고급관리

굴러라 굴러 그리고 개조하라.
가난한 살림 속에 열두 번의 변태심
인간은 무수히 굴러야 하지 않는가.

저기 저 무당 같은 주먹춤이 현명한 정치라 하면
상위의 올려진 복채는 광대들의 허울의 양심이 되는구나.

보라!
신음 같은 아우성. 삼류사회의 힘없는 손길을.
파란 하늘을 얻고자 하는 한 마리의 비둘기처럼
권리와 의무를 상실한 오늘, 내일.
먼 날만을 응시하는
아… 허기 찬 명사수의 과녁이여.

1964년 3월

안 잊히는 사연

못 잊음을 잊으려니 울먹여져요
잊으려 함을 잊으려니 설움이어요.

잊힐 날을 헤어보니 저향이 없고요.
지난날은 끝이 없는 행렬이어요.

지나온 추억길에 뿌려 놓은 아쉬움이여
멋쩍은 듯 헤어짐에 말 못하는 안타까움이요.

눈길만이 서로 엉켜 숨결만이 가쁜 날을
불 달구던 심경만이 오고가며 헤어진 그날

잊힐 날은 기약 없고 잊으려 함엔 설움이오
잊으려고 다짐하니 잊지 않고 되새기오.

1962년 12월 4일

주여 님에게 미소를

주여!
님에게 미소를.
하늘과 땅이 뒤엎는 아픔이 눈앞을 가리어도.
주여!
님의 가는 길에 축복을
나로 하여금 떠나는 남의 길에 가슴 메이도록.
주여!
행복을 보내고 싶지 않는 뼈저림보다 떠나야 하는
님의 슬픔이 아프기에,
주여!
님의 길에 행운을
이별의 전까지 마음에 부풀었던 환희와 희망의
온갖 꿈을 버릴지라도.
주여!
님의 길이라면 은총을
님의 기쁨을 보면은 나의 슬픔도 즐거움으로 변화되오니.
주여!
님에게 영광을
잊을 수 없는 기억과 모습이 가슴을 오려낼지라도
사랑하기에 보내오니, 주여 무릎을 꿇고 비오며 십자가를 지오니.

주여!
님에게 미소를
님의 가시는 길에 나의 모든 고통과 아픔이
꽃송이 되어 기쁨이 되오려니.
주여!
달빛에 잠들어 은하에 꿈을 꾸는 님에게
트는 먼동마다 아름다운 아침을, 그리하여
주의 손짓으로 주의 품 안에

주여!
찬란한 아침을

욕   망

물방울이 모이고 모여

바다가 되듯

모래알이 밀리고 밀려

사막이 됐다.

사람의 마음이랑

어쩔 수 없이 가누지 못하는

바람이 일고 파도가 치는 사막과 바다가 크다.

1964년 3월

충신의 무도회

고통하는 존재성을 의미하면 명백하다.
근사하게 나부끼는 설계도에
내 나라를 좀먹어가는 청부업의 군중들.
무언의 굴욕을 씹는 어느 존재….

국고를 뜯는 이리 떼의 무도회
표백 어린 자욱을 찾아내면
암암리에 갈구되는 건, 나의 집의 단칸살림
그리고 내 조국.

어느 담장 안에 가면극
양심에 시퍼런 칼을 품고 도둑의 무리 속에
양심에 순종하는 개의 탈을 쓴 자는 짖지를 못하고
먼동이 트길 기다리다
무도회의 행렬이 끝나노니
탈을 쓴 개마저 관을 지고 나옴으로
다시 한번 장례식의
무도회는 시작됐다.

1963년 10월

향 수

고향은 가물거리는 꿈이어나
향수에는 못 잊어 눈물 지어라

산천은 잊어가는 놀이터이니
지난날의 그린 님은 말동무여라

옛 벗은 타향 속에 길동무이니
추억은 타다 남은 잿더미이어라.

고독함에 옛 시절 마구 떠오니
고향은 버림 주려는 못 잊음이어라.
어찌했든 꿈속에 본 무덤이어라.

1961년 3월 남고산성에서

기　억

(1)
들리는 듯 아니 들리는 님의 목소리
이 밤도 들릴 듯이 아니 들리고
다시 한번 부르리라 돌아 숨이던
님의 심정 기꺼이 이해해주오.

별빛에 님 모습이 서글픈 그 밤
이 가슴엔 아로새겨 어룽이 지오.

안타까움에 부르 떨던 그날에 숨결
바람결에 들리듯이 아니 들리고
애태움에 사무치어 멀리 오는 기억
아니 오듯 먼 빛으로 스미어 와요.

(2)
낙엽 지는 계절이면 님의 목소리
들리는 듯 마는 듯 가슴 태워서
아롱지는 눈물은 새봄을 기다리고
지워진 이슬에는 기억이 단풍 지오.

(3)
또 다시 헤매이는 그날의 추억
잊으려도 내 사랑은 가시지 않아
상처 많은 기억 속엔 피멍이 엉겨
젖히는 눈물마다 되새겨지오.
그날의 마주봄을 멋쩍은 듯이
어밀어밀 말 못함을 후회해가며
꿈속인 듯 생시인 듯 찾아 헤매나
지난날은 멀고 먼 기억에 지오.

1962년 7월

실 업 자

자신을 망각하는 비지이기에
체념을 삭임질하는 염소이외다.

할 일 없는 무상한 인생이기에
돛대 없는 나루터에 사공이외다.

생활로써 뼈에 무친 무력 때문에
잠을 잃고 피 울음 우는 두견이외다.

어차피 못다 한 무능 때문에
양심에 빛을 잃어가는 비지덩이외다.

1963년 2월 직장에서 사직하고 일주일의 공백 기간에

회   상

우연히 기약 없이 사귀어진 그날.
믿음에 믿음으로 천만년 살 듯.
거닐던 강변 위는 기억에 울고,
숨 가빠 오르내린 산장도 아오.
얼핏이 말씀하여 마주 볼 순간
그날의 언약이 눈물였어요.
헤어진 그날 밤엔 별을 우러러
설레는 마음을 가다듬으며
오던 길을 다시 걸며 다짐했지요.
해 지고 달이 뜰 때 언제더라도
영원히 한이 없이 변치 않으리.
굳게 맺은 사랑이라 마음먹었지요.
그러나 때 아닌 운명 앞에서
지금에 그날을 생각하오면
머나먼 추억으로 어렴풋하오.

하 숙 생

기껏해야 백지 한 장 차인데
남보다도 좀 더 배워 어찌하자고
타향살이 온갖 괴롬 겪으러 와요.
고향 언덕 모종 움막 그리울 때는
한 더위와 모기의 등살이고요.
사랑방의 아랫목이 정다울 때는
이부자리 냉바닥에 들썩일 때요.
그런데도 두 괴로움은 견디오련만
달마다 내 바치는 식비 생각엔
끼니마다 한시름씩 겪어야 하니
선불 주면 공밥 먹듯 마음 기쁘나
밀려진 식비에는 생각만 해도
가시밥을 먹듯이 가슴 엉키오.
때로는 시간 지난 새 밥이어서
소화제를 먹는 듯이 쉽게 삭이며
가고픔에 고향 노래 불러도 보면
허물없는 부모형제 눈에 선하며
보리밥에 된장찌개 더욱 아쉬우오.

1962년 3월

성   터

여기는 전설만이 다복이 엮은 낡은 성터예요.
옛날에는 기나긴 성이었지만
세월의 흐름 속에 도약진 전설이 얽히듯
사연 따라 수없이 토막지게 줄 기웠다오.
머나먼 전설의 실마리 속엔
공주의 사랑이 잠들었거나
혁명 때 무사의 칼춤이어서
거의가 왕실의 비련이지만
그런 것은 펼쳐진 이야기이고요.
근래에는 피어나는 남모른 의문
나만이 홀로 아는 외로운 비밀
요즈음에 성 사람의 의심거리인
야밤중에 안 울리던 접동새 울음.
나만이 애달프게 안타까이 들으며
그 옛날의 꿈 시절을 더듬어 보오.
달빛 맞아 성터를 오를 적에
숨 가삐 소근대던 그대의 숨결.

배 고 픔

"모든 인간은 양식의 배고픔보다
진리의 배고픔으로 더욱 많은 악의를 발생한다."

"인격의 부호가 될지면 세상을 똑바로 보고
똑바로 말하며 똑바로 행하라.
이것만이 양심에 거부가 되는 길이다."

"가득히 담가진 음식은 썩어도
빈 그릇에 담가진 진리는 썩지 않는다."

1962년

눈 사 람

미운 다섯 살 적엔 엄마 눈사람 만들어 놓고
저승에 간 엄마를 생각하다
손 시려워 울어 버렸다.

열 살 적엔 회초리를 든 할아버지
눈사람 만들어 놓고
그 앞에서 메롱메롱 혀를 내밀며
깡충깡충 뛰었다.

철이 든 열일곱 살 적엔
단발머리 소녀를 만들어 놓고
눈사람의 가슴에 손을 대며
남몰래 얼굴을 붉혔다.

그러나 지금은 지·성·미
마리아 닮은 숙녀를 만들어놓고
눈과 코·입·귀를 간신히 만든 뒤에
가슴과 어느 마음만은
도저히 생각이 나지 않는다.

1971년 12월 3일

신 조

(1)
서러운 날의 대지 위에
굴욕의 찬바람이 스쳐도
오직 삶의 지표만을 응시하며
발딛음 하는 젊음이 있다.

(2)
어설픈 나날의 생활 속에도
줄기찬 한 오라기의 빛을 위하여
절름거리며 향하는 청춘이 있다.

(3)
그다지 보람되지 못한 삶인 줄
알면서도 현실에 충실하며
과거를 더럽히지 않으려 굽힐 줄
모르는 인간이 여기 있다.

1969년 8월 1일

한강 나그네

교회의 종이 울리어 울 때
마리아 닮은 엄마 보고파서
두 손을 휘저어도
바람 한 점 일지 않고
강 언덕 발길을 띄워도
머무를 곳은 없소.
핼쓱한 눈동자로 먼 고향 응시해도
초점은 머무는 곳 없소.
숨죽여 울던 조각별은 우수져 버리고
사지의 육신은 온갖 것이 필요치 않아
묘지의 화석처럼 계절의 흐름은
방황하니 순간마다 메디움 짓는
허무의 아픔을 일렁이는 물줄기는
빈 마음 씻기워 어디로인가 흐르오.

1971년 5월

약과 강

싸움에 지고 우는 자여 그대는 약하노라.
싸움에 이기고 우는 자여 그대는 강하노라.

싸움에 이기고 웃는 자여 그대는 강하노라.
싸움에 지고 웃는 자여 그대도 강하노라.

싸움에 이기고 오만하여 그대는 약하노라.
정의에 지고 우는 자여 그대는 약하였으나 강했노라.

정의에 이기고 침착한 자여
그대는 진정 강하였노라.

불의에 이기고 오만한 자여
그대는 패하였노라.

정의에 이기고 오만한 자여
그대도 패하였노라.

정의에 지고 일어서는 자여
그대는 강한 중에 강했노라.

연 화 석

주검으로 노를 젓는 사공들아
뱃놀이에 흥겨워 취한 인생들아
요단강에 이별주의 잔을 기울여 보오.
우리는 누구를 위하여 생존하기에
자만과 용기를 시험 당하고
잠자는 마음을 유린 당하며
욕망이란 함정에 헤매는가.
촌음 속에 맥박은 육신의 고통을 쪼아 먹는데,
굶주림에 의식 잃은 산 짐승처럼
양심과 진실마저 흥정하는가.
역사에 비하면 우리는 사라지는 그림자.
욕망이란 그림자엔 자욱이 없다.
연륜에 노를 젓는 사공들아
흥겨운 뱃노래에 취한 인생들아
요단이란 항구가 머지않으니 취함을 깨고
진정한 사랑으로 기도 드리자.
주님 위한 연회석에 촛불이 꺼지기 전에
푸른 들에 한 마리의
어미 잃은 양이 되어보자.

1964년 12월 15일

3월

그러나 그 옛날은 허무에 질 뿐.
첫사랑 정들기 전에 떠나버리고
다정스레 들려주던 님의 노래를
소쩍새 울음으로 바뀌들면서
단풍 지던 엊그제 마주 손잡아
거닐던 성벽 위를 생각해보며
외로움에 홀로 서서 눈물 적시니
내 사랑 황혼을 소쩍새 울음에 피오.

그 옛날 님 모습은 밤마다 구슬피 폈다지요.

1963년 3월

필요성의 보초막

나라와 나라 사이의 국경을 벽담으로나
철조망으로 하여 놓고,
이것도 못 믿어 원한의 총칼을 겨누며 국경을 지키고 있다.
때로는 내 나라 땅을 지키기보다
이웃나라 땅이 넘겨다 보여지고 또 넘겨다 보는 이가 있으니
보초막은 필요성이 있다.
내 나라 땅덩이 안을 들여다볼지라도
시가의 거부 집에는 하인을 두고 사나운 개를 키우며
호위병을 대신한다고 농가의 하계절 과일 밭에는 막을 지워놓고
밤이면 새우잠으로 날을 새우며 익지도 않은 과일을 지켜야 하니
원두막의 필요성이 있다.
내 거리를 거닐 때에도
무력을 거침없이 자랑하려는 자들에게나
금전으로 생활의 양심을 매수하려는 이들 때문에
나의 마음에도 벽을 치고 막을 지어야 하는
보초막의 필요성을 느낀다.

1962년 12월

나 그 네

비록 좁다한들 내 몸둥이 펼 자리 없으며
제 아무리 넓다한들 내 마음 하나 둘 곳 없으니,
앉지도 서지도 못하는 괴로움
아예 말 아니하고 인생을 봇짐 진 채
걷고만 있소.

1962년 실직을 하고 푸념

무제 6

"인격을 침해하는 자에게 관용하라!
그러면 또한 덕망과 수양의 저금은 늘어간다."

생활의도(생활 4)

생활에 시달려 괴롭다 하여도
불의에 녹슬은 칼은 갈지 말며
정의에 무딘 칼을 갈아 보아라.
불의의 칼은 쉽게 갈리고
정의 칼 갈음은 고되다 하여도
보람 있는 생활을 위해서라면
땀방울로 희망의 대가를 지불하여라.
생활에 얽매여 괴롭다 하여도
헛됨 같은 한탄에 시들지 말며
개척의 칼날로 꿈을 베이어라.
불의의 칼날은 무디어지고
정의의 칼날은 빛이 나노니.

1962년

젊은 개혁(생활 3)

자신을 학대하며 고독을 깨무는 인간아
한탄에 시들지 말고
현실에 있어 방향을 잃지를 말고
온 마음에 바람을 일으켜
괴로움 더미에 불을 살려라.
이리하여 설움의 잿더미를
황폐해진 희망의 동산에 뿌리며
즐거움에 정원을 가꾸라.
그리하여 봄과 여름에는
벌과 나비를 초청하여 꿀통을 모으고
황혼이 단풍지는 가을에는
우짖는 산새와 즐기며
인생의 겨울에는 보금자리
동산에 온실 만들어
기쁨의 열매를 거두라.
굽히지 않는 노력은 결코
엉어진 결실이노니

1962년

113

행　렬

주검을 장식하며 나그네는 간다.
삶을 영위하며 인생은 걷는다.
발자취의 행렬에는
촌음을 구토하는 추억이며
내 다시 여정을 품고
잠시 결산을 본다.

실제의 존재는 허무스러운 장송곡뿐
환희와 축제에 붐비던 날.
친구의 죽음을 슬퍼하던 날.
모두가 우울과 회한의 가면을 쓰고
감정을 요리하는 앵무새들이며
인간이란 어차피 자신의 고독을 등에 진 채
무상이란 덧없는 굴레를 돌려 하는
이리하여 영구차의 꽃송이를 위해
나의 행군이여…
삶의 행렬이여…
오늘도 나그네는 걷고만 있다.

1964년 12월

생활의 변

인생은 바람잡이 풍차
생활이란 물잡이 날개
젊음의 표정은 일생의 얼굴
이 여로에 약한 것은 부서지며
강한 것은 척추가 굳어진다.
보물이란 시간적인 넝마.
잠자는 자는 석양에 빈 바구니 들고
줍는 자는 석양에 노력이 담가진다.
행복이란 고통하는 마음의 건널목
두려운 자는 못 건너고
용감한 자는 건너고 만다.
인격이란 수양의 주춧돌
거짓은 석회석 같고
의로운 자는 대리석 같다.
인정이란 양심의 나무 한 그루
휘면은 쓸모없고
굳으면은 먹의 용모를 지닌다.

1962년 7월

115

부　모

어머님 배 울음에 세상 빛을 보았고
아버진 긴 시름에 먹·지·용을 깨우치오.

착하고 어진 친구 사귀는 데나
깨침 없는 외로움을 행하는 데로

해 여월수록 깊은 정 못 잊으시어
때로는 눈물마저 머금으시며

매사에 충고함 근심하시니
그 은혜 어이 잊고 섬겨 모시리
피의 효심 한강물 다 적시어도
은총의 갚을 길에 만분 천분 하여라.

1963년 10월

젊음과 생활

청춘이란,
인생의 나침반.
젊다는 것은 일생의 지렛대.

불행이란,
고통하는 행복의 건널목
인간들은 두려움에 건너지 못하고
기회에만 의지하고 운명만을 자탄한다.

금전이란,
인격에 상비례한다는 것
그러나 오차값을 떨고 나면
실제의 눈금엔 역비례한다.

젊은이란,
금전을 노예화한다는 것.
그러나 존재 의미에는 지배당하는 것이다.

1964년 3월

눈 금

내 나이의 저울에 올라
눈금을 보았읍니다.
비중은 어이없게도
육신이라는 고깃덩어리의
피를 떨고 나면
영혼과 정신의 무게는
원점에 지나지 않았읍니다.
그리고 비지덩이 이마에는
나이테처럼 연륜의 삼키는
무상과 욕망의 생활에 때 묻은
잔역사와 오물처럼 잠겨 있읍니다.
이리하여 나는 새로웁고 참신한
비중을 모색코저
얼마 후 다시 저울에 올랐읍니다.
그러나 영혼과 육신은
날이 갈수록 오차 되는 비중뿐
질긴 고기로 퇴색하여 가는
눈금뿐입니다.

1962년 3월 11일

나그네(엄마야)

엄마야!
나의 고향은 어디메뇨.
나그네의 안식처는 어디메뇨.

엄마야!
당신의 고향은 어디뇨.
당신도 연륜의 짚시였느뇨.

엄마야!
나의 머무는 곳은 어디뇨.
포근하고 안락한 평화의 곳은.

엄마야!
세월 타고 간 곳이 어디메뇨.
그곳에도 무화과 열매 맺고 봄 가을 있느뇨.

엄마야!
나는 세상 여정에 지쳤노라.
그리하여 또 다시 엄마 고향 갈려노니
내 어릴 때 하얀 기저귀와 팔베개 뉘어
자장가 불러주오.

1965년 10월 엄마 생각

호 수

산 그림자 흔들리고
　　　　구름이 떠간다.
나는 기슭 진 바위에 몸 기대어
잃어버린 태곳적의
　　　　전설을 잉태한다.
내 탄생 이후 어지럽고도 어리석었던
　　　　행진이여
창세기에 아담과 이브는 지지리도
　　　　더럽고도 추한 원죄의 씨앗이었나 보다.
이 씨앗들은 다시 열매를 맺으며
　　　　밤이면 호수에 얼굴을 씻고
낮에는 욕망의 십자가를 지고서
　　　　미래를 향한다.
아… 태양의 흑점을 쏘아 먹고서도
　　　　입술을 닦았나 보다.
소라의 숨 쉬는 소리가
　　　　물결 속에 부럽기만 하고나.

공 백

멀거니 멍청하게 내일을 본다.
요전 밤 꿈속에서 본 어미 잃은 이가 사슴처럼
인생에 청춘을 가름하여 기로를 찾는다.

가슴 빈 터에 타다 남은 재를
불덩이같이 혈관에 한 송이의 레몬을 위해
정성 들여 가꾸고 싶다.

레몬이 움 돋을 땐 난 아기가 되고
잎이 날 때 소년이 되고
봉오리 맺을 때 청순하고 기상 있는
청년이 되어 마지막 꽃 필 때는
피 한 방울을 그에게 바치고
호흡과 맥박을 같이 하고 싶다.
또 한 세월 속에 레몬이 질 때는
외로운 뻐꾸기 되어
숲 깊은 곳에 긴긴밤을 레몬의 넋을
달래며 살고 싶다.

새　날

먼동이 텄다.
어리석음이여 물러가라.
삶이란 모두가 허무한 것
욕망 있는 미래란 현실을
기만하기 쉬운 것이다.
그러나 생활은 모두가 실존인 것

오늘에 충실한 젊음만이
내일을 더 닦을 수 있는
새날을 맞이한다.

1963년 2월

주   점

인생의 흐름이 마냥 덧없이
고독을 마시고 무상에 취하고파
욕망에 젖어 실존에 취했노라.
삶의 나루터에 잠시 머무르고 싶음이
존재의 여백에 돛을 내렸노라.

공허와 질시의 생존에서 인간임을 잊히고져

의식보다 강한 허무의 잔을 들었노라.

1967년 11월

무제 7

"사양은 겸손이고 겸손은 인격이라."

"기쁨과 슬픔이란 삶의 소화작용이므로
즐거움과 괴로움이란 어쩔 수 없는 작업이다."

"인간은 과거와 현실과 미래의 세 개의
장식품을 가지고 있다.
그러나 가장 값이 있는 장식은 현실이고
과거와 미래의 장식이란 아름다웁고 영롱할 뿐이다."

"과거와 미래란 포장된 현실이다."

"뱀의 혀를 닮아 출마한 정치가는 지배할수록
돼지의 밥통을 닮아가고
집권이란 오래 할수록 호랑이의 발톱을 닮는다."

"국가란 국민을 포용할 수 있는 기업체이며,
국민에 의한 모임이다.
정치란 국민의 입맛을 돋우는 음식과 같으므로
정치인은 국민을 위한 요리사다.
또한 요리는 대다수의 구미를 당기는 영양가 높은
신망을 얻어야 한다.
즉 국가와 기업이란 영도자의 종합 예술이다."

1964년 6월

젊음에게 고한다

학대하라.
존재의식이 회미한 비러뱅이처럼

분노하라.
성난 폭풍 속에 거센 파도처럼

구토하라.
배신당한 시저의 검붉은 핏덩이처럼

굳세어라.
한 가닥의 물줄기를 잡고 있는 메마른 갈대처럼

1966년 5월

무제 8

"과거와 미래는 미화작업이며 포장된 현실이다."

금력과 인격

금력의 가치란 어리석은 자의
권리이므로 멸망하기 쉽다.
즉, 집요한 한계에 도달하면
종지부를 인식함으로 원점의
한계에 이슬점을 말한다.
또 돈의 가치란 시간이 흐를수록
인플레되므로
인플레의 한계점에는 가치성을 잃은
허무를 느낀다.
그러나 인격의 가치판단이란 수양을
겸할수록 유의 존재로 자신의 창조를
개발하는 발굴 작업이다.
즉, 인격이란 변조 없는 자연의 섭리와
같으므로 하나의 진리를 채금한
옥과도 같다.

1971년 4월 23일

기   로

오늘이 없다면
내일이 있겠는가.
반문한다.

의식 없는 현실에
미래가 존재하는가.

젊음이여!
방황 속에서도 기로를 찾아라.
그리고 존재의 발걸음을 내딛어라.
이 길만이 희망이 있고
뜻이 성장하고
길이 있다.